- 中華繪本系列 -

從小讀經典 4

封神演義

[明]許仲琳 著

王祖民

葛冰（改寫）

導讀

放飛奇幻的夢想

《封神演義》是明代的一部長篇神話小說。

中國古代有個商朝，商紂王昏庸無道、殘害百姓，周武王起義討伐紂王，滅了商朝，建立了周朝。作者就借用這段歷史，利用誇張幻想的手法，寫出了這部神話小說。

據說作者創作此書時，是希望它能和《西遊記》《水滸傳》並列，成「三足鼎立」之勢。《封神演義》的藝術水平雖比不上《西遊記》《水滸傳》，但有自己的特色，自明清以來，在民間廣泛流傳，受人喜愛。

這部小說篇幅巨大，共一百個章節。它最大的特點，就是豐富的想像和奇特的誇張，充滿了「怪力亂神」。書中出現的人物大多都長相怪異，比如：長着鷹嘴巴、背上生出兩隻翅膀的雷震子；眼眶裏伸出兩隻手、手心上長出眼睛的楊任……這些人物的本領十分奇特，比如：會鑽地術的土行孫，會七十三變的楊戩（jiǎn），會變成美女的九尾狐狸精……總之，書中充滿了奇特的誇張和想像。

本書對《封神演義》的改寫，不是簡單的壓縮，是在保持原貌的基礎上，選取其中最精華、最生動的內容。這包括最有意思的故事和人物，最誇張、最豐富的幻想情節。像哪吒的故事，小朋友可能都知道，也看過動畫片。其實這些內容都是出自《封神演義》。在改寫時，我就把哪吒的內容全保留下來，讓小讀者可以看到完整的故事。再比如，小朋友在《西遊記》的「大鬧天宮」裏看到過二郎神，二郎神會七十三變，他利用變化本領戰勝了許多妖怪，這在《封神演義》中都有，在改寫時，也全保留下來了。

另外，書中的有些故事被後世多次引用，有的還成了歷史典故，比如「姜太公釣魚」等，這些內容也都保留下來，並加以生動的描寫。

總之，改編的過程，是一個「去粗取精」的過程，去掉宣傳封建迷信的內容，去掉了沒意思的故事，把最有趣的，最精華的內容重新加以描寫。打個比方，就好像讓一顆珍珠顯露出最美的光華。

特別要提到的是，為了能讓小朋友讀得懂，讀起來生動，書中的故事都是用適合孩子閱讀的語言重新改寫的，這也是與其他《封神演義》改編本不同的地方。

小朋友們，希望你們喜歡這本書。希望你們通過讀《封神演義》，產生閱讀原著的興趣，激發更豐富的想象力。

目錄

狐狸精變「美人」

zhōng guó gǔ dài yǒu yí gè huáng dì jiào zhòu wáng tā ràng dà chén sū hù jiāng nǚ ér dá jǐ sòng rù gōng zhōng bú
中國古代有一個皇帝，叫紂王。他讓大臣蘇護將女兒妲己送入宮中。不
liào yì zhī qiān nián hú li jīng biàn chéng dá jǐ lái dào le huáng gōng
料，一隻千年狐狸精變成妲己，來到了皇宮。

dá jǐ zhǎng de fēi cháng piào liang zhòu wáng hěn xǐ huan tā
妲己長得非常漂亮，紂王很喜歡她。

zhòu wáng hé dá jǐ měi tiān chī hē wán lè bú zhì lǐ guó jiā
紂王和妲己每天吃喝玩樂，不治理國家。

lǎo bǎi xìng méi yǒu yī fu chuān méi yǒu shí wù chī shēng huó shí fēn qióng kǔ
老百姓沒有衣服穿，沒有食物吃，生活十分窮苦。

dá jǐ hái ràng zhòu wáng shā rén qǔ lè xǔ duō shàn liáng de dà chén dōu bèi shā sǐ le
妲己還讓紂王殺人取樂，許多善良的大臣都被殺死了。

zhù zài biān jiāng dì qū de yí gè jiāng jūn yě jiù
住在邊疆地區的一個將軍，也就
shì zhōu wén wáng zhǔn bèi qǐ yì fǎn kàng zhòu wáng de cán
是周文王，準備起義，反抗紂王的殘
bào tǒng zhì
暴統治。

kě shì zhōu wén wáng de lì liang hěn xiǎo yú shì
可是，周文王的力量很小。於是
tā jiù shù qǐ yí miàn qí zhì zhāo bīng mǎi mǎ
他就豎起一面旗幟，招兵買馬。

xǔ duō yǒu qí tè běn lǐng de rén dōu lái tóu bèn
許多有奇特本領的人，都來投奔
tā xià miàn jiù yī yī gěi xiǎo péng you jiǎng jiang dōu
他。下面，就一一給小朋友講講，都
yǒu nǎ xiē rén lái tóu bèn zhōu wén wáng
有哪些人來投奔周文王。

「大肉球」中的小孩兒

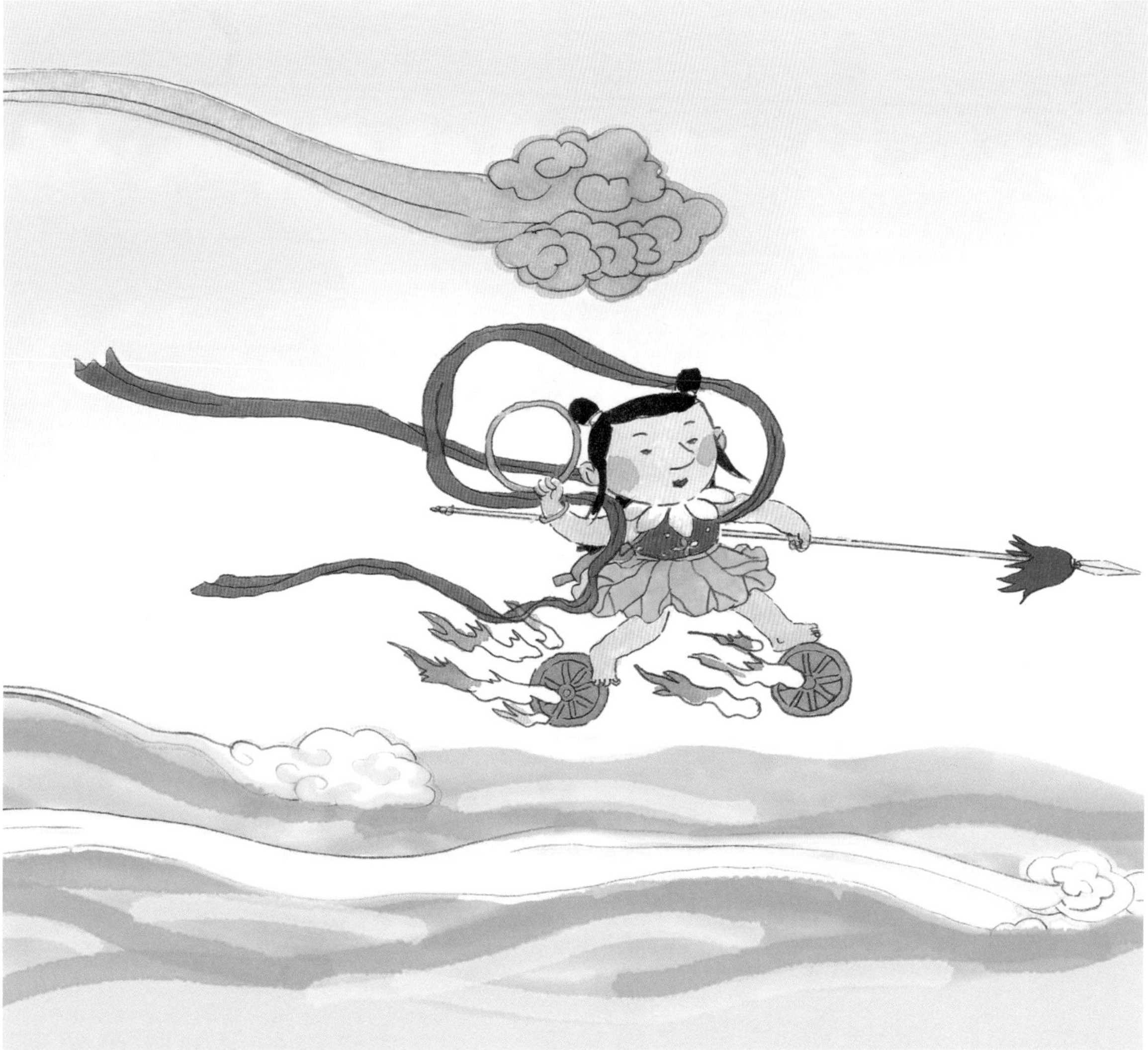

dì yī gè zhǔn bèi tóu bèn zhōu wén wáng de shì shéi shì né zhā
第一個準備投奔周文王的是誰？是哪吒。

né zhā de fù qīn jiào lǐ jìng shì zhèn shǒu chén táng
哪吒的父親叫李靖，是鎮守陳塘
guān de zǒng bīng
關的總兵。

lǐ jìng de fū rén huái yùn sān nián yì zhí méi shēng
李靖的夫人懷孕三年，一直沒生
xià xiǎo háir lái lǐ jìng hěn shì fā chóu
下小孩兒來，李靖很是發愁。

yǒu yì tiān lǐ jìng de fū rén dù zi tòng jiē
有一天，李靖的夫人肚子痛，接
zhe shēng xià le yí gè dà ròu qiú
着生下了一個大肉球。

dà ròu qiú yí luò dì jiù dī liū liū de mǎn wū zi
大肉球一落地就滴溜溜地滿屋子
luàn zhuàn xià de dà jiā sì xià duǒ shǎn
亂轉，嚇得大家四下躲閃。

lǐ jìng yǐ wéi shì yāo guài ná qǐ bǎo jiàn jiù cháo dà ròu qiú pī qù
李靖以為是妖怪，拿起寶劍就朝大肉球劈去。

pēng de yì shēng dà ròu qiú bèi pī kāi le
「砰」的一聲，大肉球被劈開了，
yí dào hóng guāng shè chū yìng de mǎn wū hóng tōng tōng de
一道紅光射出，映得滿屋紅彤彤的，
yí gè xiǎo háir cóng dà ròu qiú li tiào chū lái
一個小孩兒從大肉球裏跳出來。

xiǎo háir tóu shang shū zhe liǎng gè xiǎo zhuā ji yòu
小孩兒頭上梳着兩個小抓髻，右
shǒu dài zhe yì zhī jīn zhuó dù zi shang wéi zhe yí kuài hóng
手戴着一隻金鐲，肚子上圍着一塊紅
dōu du yí luò dì jiù huān bèng luàn tiào
兜肚，一落地就歡蹦亂跳。

哪吒鬧海

xiǎo né zhā zhǎng de hěn kuài xìng gé wán pí
小哪吒長得很快，性格頑皮。

yì tiān tā chū guān yóu wán zǒu dào jiǔ wān hé biān hé shuǐ yòu qīng yòu shēn wàng bú dào dǐ
一天，他出關遊玩，走到九灣河邊，河水又清又深，望不到底。

yuán lái zhè lǐ shì dōng hǎi de rù hǎi kǒu
原來這裏是東海的入海口。

né zhā tiào dào shuǐ zhōng xī xì líng huó de xiàng yì tiáo yú
哪吒跳到水中嬉戲，靈活得像一條魚。

wán dào kāi xīn shí né zhā yòu jiě xià shēn shang de hóng chóu dài zài shuǐ li lái huí jiǎo dòng zhè hóng chóu dài kě bú
玩到開心時，哪吒又解下身上的紅綢帶在水裏來回攪動。這紅綢帶可不
shì yì bān de dōng xi shì yí jiàn bǎo wù jiào hùn tiān líng hùn tiān líng yí zài shuǐ zhōng bǎi dòng lì kè yǐn de hǎi
是一般的東西，是一件寶物，叫混天綾。混天綾一在水中擺動，立刻引得海
shuǐ fān téng yóu rú fā shēng le hǎi xiào lián lóng gōng yě yáo huàng qǐ lái le
水翻騰，猶如發生了海嘯，連龍宮也搖晃起來了。

hǎi dǐ de lóng gōng dùn shí yí piàn huāng luàn dōng
海底的龍宮頓時一片慌亂，東
hǎi lóng wáng máng pài le yí gè tóu shang shēng jiǎo de xiǎo guài
海龍王忙派了一個頭上生角的小怪
wu yè chā qù hé kǒu chá kàn
物——夜叉去河口察看。

yè chā lái dào hé kǒu jiàn shì yí gè xiǎo háir
夜叉來到河口，見是一個小孩兒
zài xǐ zǎo biàn xiōng hěn de dà jiào nǎ lǐ lái de
在洗澡，便兇狠地大叫：「哪裏來的
xiǎo máo háir chī wǒ yì fǔ
小毛孩兒，吃我一斧。」

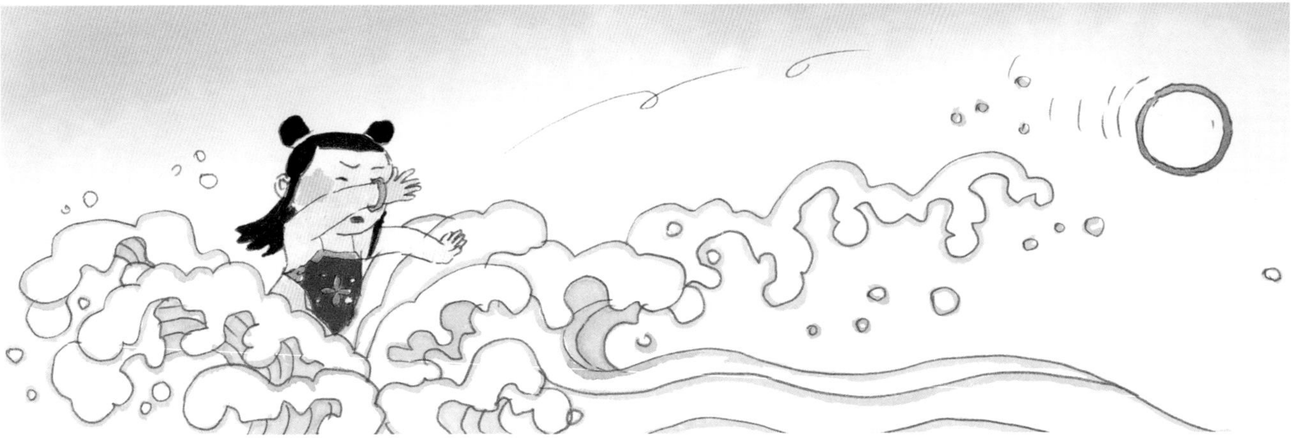

tā jǔ zhe dà fǔ xiàng né zhā kǎn qù né zhā yí kàn gǎn jǐn pāo chū le gāng quān zhè gāng quān yě shì yí jiàn bǎo
他舉着大斧向哪吒砍去。哪吒一看趕緊拋出了鋼圈。這鋼圈也是一件寶
bèi jiào qián kūn quān
貝，叫乾坤圈。

qián kūn quān liàng guāng yì shǎn zhǐ tīng dāng lāng
乾坤圈亮光一閃，只聽「噹啷」
yì shēng fǔ tóu bèi dǎ de fēi xiàng yì biān
一聲，斧頭被打得飛向一邊。

qián kūn quān zhèng luò zài yè chā de tóu shang bǎ
乾坤圈正落在夜叉的頭上，把
yè chā dǎ sǐ le
夜叉打死了。

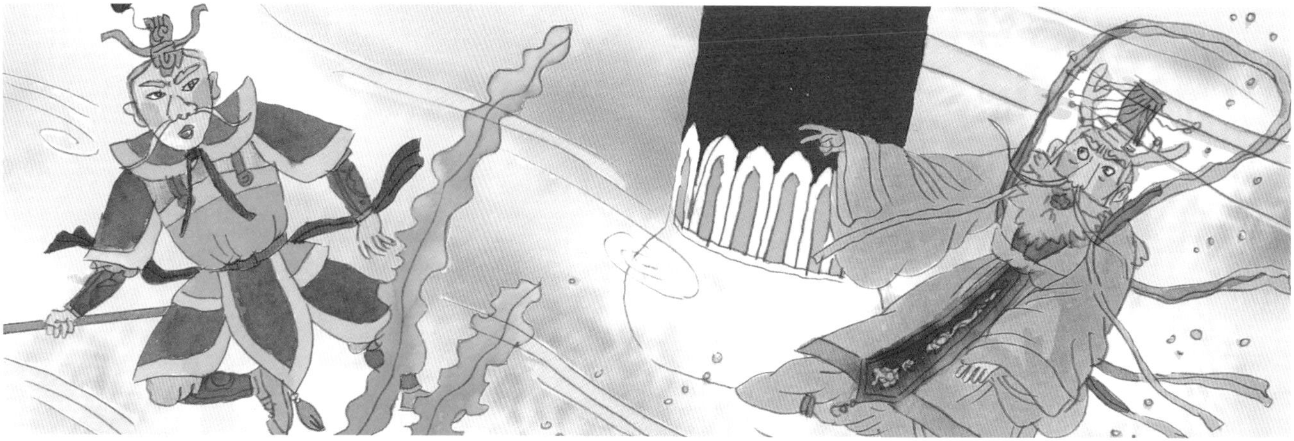

lóng wáng kàn lóng gōng hái huàng dòng bù zhǐ, yòu pài sān tài zǐ zài qù chá kàn
龍王看龍宮還晃動不止，又派三太子再去察看。

sān tài zǐ shēn pī kǎi jiǎ, shén qì huó xiàn de qí zhe
三太子身披鎧甲，神氣活現地騎着
bì shuǐ shòu, dài lǐng xiā bīng xiè jiàng, lái dào jiǔ wān hé
避水獸，帶領蝦兵蟹將，來到九灣河。

jiàn dào né zhā, sān tài zǐ lì shēng hè wèn
見到哪吒，三太子厲聲喝問：
jiù shì nǐ zhè xiǎo máo háir, dǎ sǐ le yè chā
「就是你這小毛孩兒，打死了夜叉？」

né zhā shuō tā yòng jù fǔ kǎn wǒ wǒ zhǐ
哪吒說：「他用巨斧砍我，我只
bú guò dǎng le tā yí xià
不過擋了他一下。」

xiǎo máo háir chī wǒ yì jǐ sān tài zǐ
「小毛孩兒，吃我一戟。」三太子
qì shì xiōng xiōng tí qǐ huà jǐ cì le guò qù
氣勢洶洶，提起畫戟刺了過去。

yǎn kàn jiù yào bèi cì zhòng né zhā lián máng shǎn kāi dǒu kāi shǒu zhōng de hùn tiān líng
眼看就要被刺中，哪吒連忙閃開，抖開手中的混天綾。
zhǐ jiàn hóng guāng shǎn shǎn hùn tiān líng piāo piāo yōu yōu xiàng zhe sān tài zǐ dàng qù
只見紅光閃閃，混天綾飄飄悠悠，向着三太子蕩去。

sān tài zǐ dùn shí tóu yūn mù xuàn　　yí xià zi shuāi
三太子頓時頭暈目眩，一下子摔
dǎo zài dì　　bèi hùn tiān líng zhào zài le xià miàn
倒在地，被混天綾罩在了下面。

né zhā yòu jǔ qǐ qián kūn quān　　xiàng xià yì qiāo
哪吒又舉起乾坤圈，向下一敲，
zhèng jī zhòng sān tài zǐ de tóu dǐng
正擊中三太子的頭頂。

sān tài zǐ sǐ le　　xiàn le yuán xíng　　yuán lái shì
三太子死了，現了原形，原來是
yì tiáo lóng
一條龍。

né zhā zì yán zì yǔ dào　　fǎn zhèng zhè lóng yǐ
哪吒自言自語道：「反正這龍已
jīng sǐ le　　bù rú chōu le lóng jīn　　dài huí jiā qù zuò
經死了，不如抽了龍筋，帶回家去做
chéng pí dài　　sòng gěi fù qīn
成皮帶，送給父親。」

繞在手指上的小龍

kuì bài de xiā bīng xiè jiàng táo huí lóng gōng gǎn jǐn xiàng
潰敗的蝦兵蟹將逃回龍宮，趕緊向
lǎo lóng wáng bào gào bào gào dài wáng dà shì bù hǎo le
老龍王報告：「報告大王，大事不好了！
sān tài zǐ yě bèi né zhā dǎ sǐ le hái bèi chōu le lóng jīn
三太子也被哪吒打死了，還被抽了龍筋。」

lóng wáng yì tīng qì de jī hū yūn guò qù
龍王一聽，氣得幾乎暈過去，
fèn nù de dà hǎn qù chén táng guān zhǎo nà xiǎo
憤怒地大喊：「去陳塘關，找那小
máo háir de lǎo zi shā sǐ nà xiǎo máo háir
毛孩兒的老子。殺死那小毛孩兒，
wèi wǒ ér zi bào chóu
為我兒子報仇。」

lóng wáng dài lǐng xiā bīng xiè jiàng lái dào chén táng guān
龍王帶領蝦兵蟹將來到陳塘關，
zài chéng xià dà shēng gǔ zào lǐ jìng jiāo chū né
在城下大聲鼓噪：「李靖，交出哪
zhā huán wǒ ér zi mìng lái
吒，還我兒子命來。」

lǐ jìng bù xiāng xìn né zhā nǎ yǒu nà me dà
李靖不相信：「哪吒哪有那麼大
běn shi máng pài rén qù jiào né zhā
本事？」忙派人去叫哪吒。

né zhā shǒu li ná zhe lóng jīn xiào yín yín de shuō
哪吒手裏拿着龍筋，笑吟吟地說：
fù qīn wǒ gěi nǐ zhǎo lái le yì tiáo lóng yāo dài
「父親，我給你找來了一條龍腰帶。」

lǐ jìng yí kàn dà chī yì jīng
李靖一看，大吃一驚。

dōng hǎi lóng wáng gèng jiā fèn nù lǐ jìng nǐ děng
東海龍王更加憤怒：「李靖你等
zhe wǒ yào dào yù huáng dà dì nà lǐ gào zhuàng ràng nǐ
着，我要到玉皇大帝那裏告狀，讓你
shòu dào zuì yán lì de chéng fá
受到最嚴厲的懲罰。」

dōng hǎi lóng wáng nù qì chōngchōng jià yún zhí bèn nán
東海龍王怒氣沖沖，駕雲直奔南
tiān mén ér qù
天門而去。

lǐ jìng kàn dào né zhā rě le dà huò zài shū fáng
李靖看到哪吒惹了大禍，在書房
li zǒu lái zǒu qù zuò lì bù ān
裏走來走去，坐立不安。

né zhā kàn fù qīn dān yōu jiù tōu tōu liū chū jiā
哪吒看父親擔憂，就偷偷溜出家
mén shēng dào kōng zhōng jià zhe yún wù bù yí huìr
門，升到空中，駕着雲霧，不一會兒，
jiù cóng tóu dǐng shang chāo guò le dōng hǎi lóng wáng
就從頭頂上超過了東海龍王。

dōng hǎi lóng wáng hái yì diǎnr bù zhī dào zhèng qì
東海龍王還一點兒不知道，正氣
hū hū de wǎng qián zǒu
呼呼地往前走。

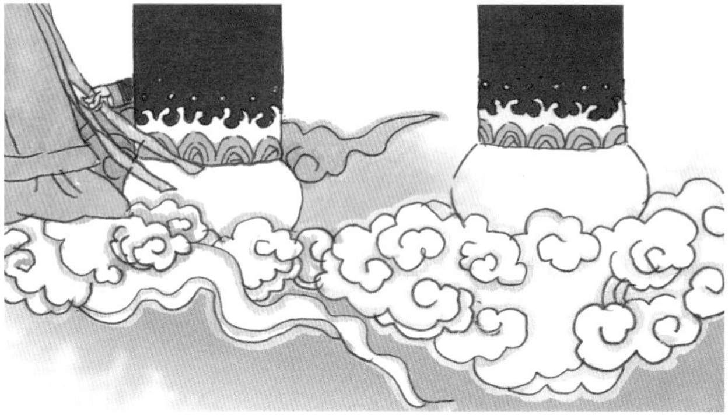

dōng hǎi lóng wáng dào le nán tiān mén wài zhèng yào wǎng
東海龍王到了南天門外，正要往
lǐ zǒu tū rán páng biān shēn chū yì zhī shǒu yì bǎ jiāng
裏走，突然旁邊伸出一隻手，一把將
tā zhuā zhù
他抓住。

dōng hǎi lóng wáng zhuǎn liǎn yí kàn ā shì né zhā
東海龍王轉臉一看：啊！是哪吒！

né zhā shuō nǐ zhè lǎo lóng wáng yǒu běn shi zhǎo wǒ suàn zhàng wèi shén me yào gào wǒ fù qīn de zhuàng
哪吒說：「你這老龍王，有本事找我算賬，為甚麼要告我父親的狀？」

shuō zhe né zhā yáng qǐ le shǒu zhōng de qián kūn quān
說着，哪吒揚起了手中的乾坤圈。

dōng hǎi lóng wáng yí kàn xià de hún shēn fā ruǎn yí xià zi biàn chéng le yì tiáo xiǎo lóng
東海龍王一看，嚇得渾身發軟，一下子變成了一條小龍。

né zhā bǎ xiǎo lóng chán zài shǒu shang gāo xìng de shuō
哪吒把小龍纏在手上，高興地說：
zhè huí bà ba bú yòng dān xīn yǒu rén gào zhuàng le
「這回爸爸不用擔心有人告狀了。」

né zhā jià zhe yún wù huí dào le chén táng guān
哪吒駕着雲霧，回到了陳塘關。

lǐ jìng yí jiàn qí guài de wèn nǐ shǒu li
李靖一見，奇怪地問：「你手裏
ná de shì shén me dōng xi
拿的是甚麼東西？」

né zhā shuō shì dōng hǎi lóng wáng
哪吒說：「是東海龍王。」

lǐ jìng dà jīng shī sè kuài kuài bǎ tā
李靖大驚失色：「快，快把他
fàng kāi
放開！」

né zhā wèn shǒu zhōng de xiǎo lóng nǐ hái gǎn bu gǎn
哪吒問手中的小龍：「你還敢不敢
gào zhuàng le xiǎo lóng lián lián yáo tóu bù gǎn le
告狀了？」小龍連連搖頭：「不敢了。」

né zhā fàng kāi xiǎo lóng xiǎo lóng biàn chéng dōng hǎi
哪吒放開小龍，小龍變成東海
lóng wáng pǎo chū hǎo yuǎn cái huí guò tóu lái dà jiào
龍王，跑出好遠，才回過頭來大叫：
lǐ jìng nǐ děng zhe wǒ huì zhào jí sì hǎi lóng wáng
「李靖，你等着，我會召集四海龍王
yì qǐ lái zhǎo nǐ suàn zhàng
一起來找你算賬。」

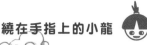

踏風火輪的少年

過了幾天，哪吒正在外面玩耍，有人告訴他：「你家裏出事啦！」

哪吒急急忙忙往家趕，半路上遇到大隊天兵正押送着他父親李靖。

原來四海龍王一齊向玉皇大帝告了哪吒的狀，他們帶領天兵天將來捉拿李靖。

哪吒攔住了他們，大聲說：「一人做事一人當，不許你們傷害我的父親。」

shuō wán　　né zhā chōu chū bǎo jiàn mǒ xiàng zì jǐ de
說完，哪吒抽出寶劍抹向自己的
bó zi　dǎo zài le dì shang
脖子，倒在了地上。

né zhā zì shā le　　tā de líng hún zài kōng zhōng piāo
哪吒自殺了，他的靈魂在空中飄
piāo yōu yōu
飄悠悠。

yí wèi shén xiān kàn jiàn le　　　bǎ né zhā de líng hún
一位神仙看見了，把哪吒的靈魂
dài dào hé huā chí páng biān
帶到荷花池旁邊。

shén xiān cóng chí táng zhōng zhāi le xiē lǜ sè de hé yè
神仙從池塘中摘了些綠色的荷葉
hé fěn bái sè de lián ǒu
和粉白色的蓮藕。

27

tā zài dì shang bǎ zhè xiē hé yè hé lián ǒu bǎi chéng gè xiǎo rénr de xíng zhuàng kǒu zhōng niàn zhe zhòu yǔ rán hòu
他在地上把這些荷葉和蓮藕擺成個小人兒的形狀，口中唸着咒語，然後
bǎ né zhā de líng hún yì tuī
把哪吒的靈魂一推。

né zhā de líng hún yí xià zi pū dǎo zài hé yè hé
哪吒的靈魂一下子撲倒在荷葉和
lián ǒu shang
蓮藕上。

dāng tā zài zhàn qǐ lái shí hé yè hé lián ǒu yǐ
當他再站起來時，荷葉和蓮藕已
jīng biàn chéng le tā de shēn tǐ
經變成了他的身體。

né zhā biàn chéng le yí gè yīng jùn de shào nián
哪吒變成了一個英俊的少年。

né zhā zhè huí nǐ yǒu le bù sǐ zhī shēn
「哪吒，這回你有了不死之身，
wǒ zài sòng nǐ jǐ jiàn bǎo wù shén xiān shuō
我再送你幾件寶物。」神仙說。

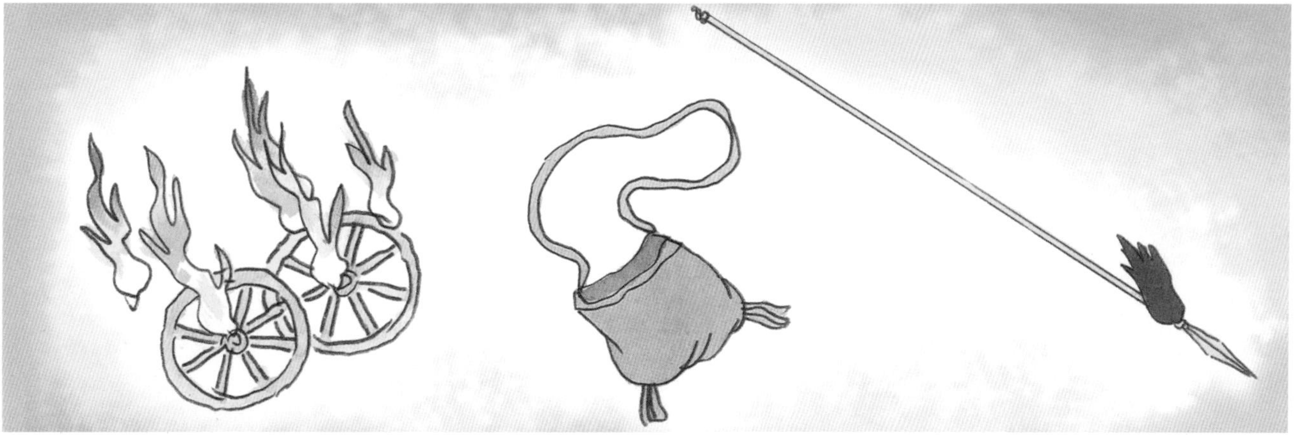

shén xiān ná chū le yí duì fēng huǒ lún yì zhī huǒ jiān qiāng hé yí gè bào pí zuò de kǒu dai kǒu dai li fàng zhe qián
神仙拿出了一對風火輪、一支火尖槍和一個豹皮做的口袋。口袋裏放着乾
kūn quān hé hùn tiān líng
坤圈和混天綾。

né zhā yāo guà bào pí kǒu dai shǒu tí huǒ jiān qiāng jiǎo tà fēng huǒ lún qù tóu bèn zhōu wén wáng le
哪吒腰掛豹皮口袋，手提火尖槍，腳踏風火輪，去投奔周文王了。

姜老頭兒釣魚

dì èr gè tóu bèn zhōu wén wáng de shì shéi shì gè lǎo
第二個投奔周文王的是誰？是個老
tóur tā jiào jiāng zǐ yá bā shí duō suì le zài kūn
頭兒，他叫姜子牙，八十多歲了，在昆
lún shān shang yǐ jīng xué xí le sì shí nián
崙山上已經學習了四十年。

yǒu yì tiān shī fu bǎ jiāng zǐ yá jiào dào
有一天，師父把姜子牙叫到
gēn qián nǐ zài zhèr de shí jiān yě bú suàn
跟前：「你在這兒的時間也不算
duǎn le xiàn zài zhòu wáng cán bào wú dào nǐ mǎ
短了。現在紂王殘暴無道，你馬
shàng xià shān qù bāng zhù zhōu wén wáng tǎo fá tā
上下山去幫助周文王討伐他。」

jiāng zǐ yá gào bié shī fu lái dào jīng chéng kàn
姜子牙告別師父，來到京城，看
jiàn chéng mén kǒu wéi zhe xǔ duō lǎo bǎi xìng
見城門口圍着許多老百姓。

yuán lái dà jiā dōu rěn shòu bù liǎo zhòu wáng de bào zhèng
原來大家都忍受不了紂王的暴政，
xiǎng táo chū qù què bèi guān bīng lán zài chéng mén li
想逃出去，卻被官兵攔在城門裏。

bàn yè de shí hou jiāng zǐ yá bǎ lǎo bǎi xìng zhào
半夜的時候，姜子牙把老百姓召
jí dào yì qǐ ràng dà jiā bì shàng yǎn jing tā niàn dòng
集到一起，讓大家閉上眼睛，他唸動
zhòu yǔ zhǐ tīng de ěr biān hū hū fēng xiǎng zhòng
咒語，只聽得耳邊「呼呼」風響，眾
rén biàn suí tā fēi qǐ lái
人便隨他飛起來。

jiāng zǐ yá yòng fǎ shù dài zhe lǎo bǎi xìng yì lián
姜子牙用法術，帶着老百姓一連
fēi xíng le jǐ bǎi lǐ yì zhí fēi dào le zhōu guó
飛行了幾百里，一直飛到了周國。

dào le zhōu guó qǐ chū dà jiā dōu bǎ jiāng zǐ
到了周國，起初，大家都把姜子
yá dàng chéng le yí gè bèn lǎo tóur qiáo bu qǐ tā
牙當成了一個笨老頭兒，瞧不起他。

tā mǎn dù zi zhì guó tǒng bīng de fāng fǎ què méi
他滿肚子治國統兵的方法，卻沒
yǒu rén zhī dào
有人知道。

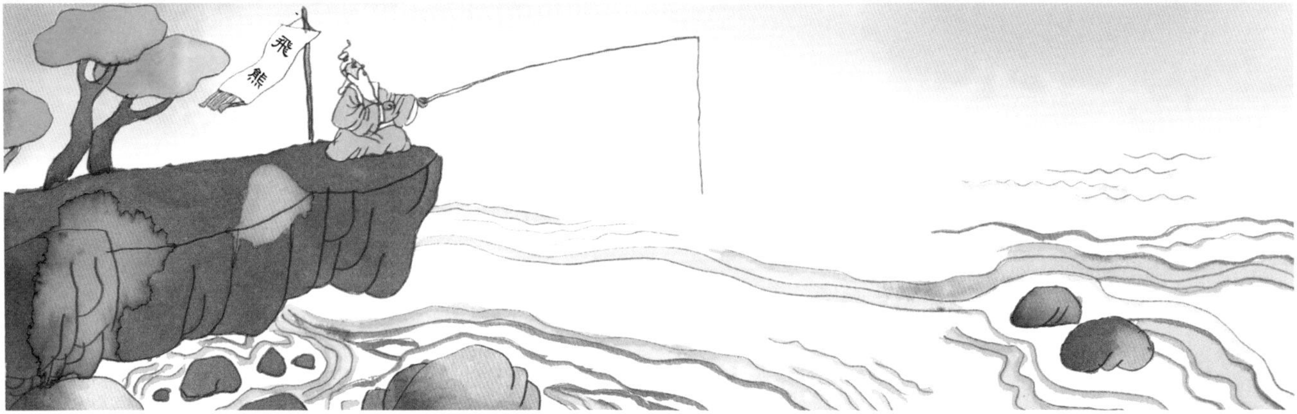

jiāng zǐ yá yì diǎnr bú lù shēng sè tiān tiān zuò zài hé biān ná yì gēn yú gān diào yú tā hái zài shēn biān
姜子牙一點兒不露聲色，天天坐在河邊，拿一根魚桿釣魚。他還在身邊
lì le yí miàn xiǎo qí shàng miàn xiě zhe zì jǐ de wài hào fēi xióng
立了一面小旗，上面寫着自己的外號「飛熊」。

yí gè kǎn chái de qiáo fū jiàn tā diào le xǔ duō tiān yì tiáo yú yě méi yǒu diào shàng lái zǐ xì yí kàn yuán
一個砍柴的樵夫見他釣了許多天，一條魚也沒有釣上來，仔細一看，原
lái jiāng zǐ yá yòng de yú gōu shì zhí de
來姜子牙用的漁鉤是直的。

qiáo fū rěn bu zhù cháo xiào tā shuō nǐ zhēn shi
樵夫忍不住嘲笑他說：「你真是
shǎ guā ya zhí gōu zěn me néng diào shàng yú lái ne
傻瓜呀，直鉤怎麼能釣上魚來呢？」

jiāng zǐ yá xiào xiao shuō wǒ bú shì wèi diào yú
姜子牙笑笑說：「我不是為釣魚，
ér shì zài děng zhī dào wǒ xué wen hé běn lǐng de rén lái zhǎo
而是在等知道我學問和本領的人來找
wǒ ne
我呢！」

qiáo fū fěng cì tā nǐ zhēn shi bái rì zuò
樵夫諷刺他：「你真是白日做
mèng a
夢啊！」

jiāng zǐ yá kàn zhe qiáo fū shuō wǒ kàn nǐ miàn
姜子牙看着樵夫說：「我看你面
sè fā huī sān tiān zhī nèi bì yǒu dà zāi
色發灰，三天之內必有大災！」

qiáo fū shēng qì de shuō wǒ hǎo hāor de huì
樵夫生氣地說：「我好好兒的會
yǒu shén me zāi nǐ zhēn shi hú shuō bā dào
有甚麼災，你真是胡說八道！」

dì èr tiān qiáo fū tiāo zhe yí dàn chái dào chéng li
第二天，樵夫挑着一擔柴到城裏
qù mài
去賣。

tā zǒu guò chéng mén shí zhèng yù shàng zhōu wén wáng de
他走過城門時，正遇上周文王的
chē duì jīng guò
車隊經過。

qiáo fū gǎn máng duǒ shǎn jiān shang de biǎn dan lūn dào
樵夫趕忙躲閃，肩上的扁擔掄到
le yí gè shì bīng de nǎo dai shang yí xià zi bǎ shì bīng
了一個士兵的腦袋上，一下子把士兵
dǎ sǐ le
打死了。

qiáo fū bèi zhuā qǐ lai yā dào zhōu wén wáng gēn qián
樵夫被抓起來，押到周文王跟前。

qiáo fū rěn bu zhù zì yán zì yǔ nà ge diào yú lǎo tóur de huà zhēn zhǔn ya
樵夫忍不住自言自語：「那個釣魚老頭兒的話真準呀！」

nǎ ge lǎo tóur tā shuō le shén me zhōu wén wáng rèn zhēn de wèn
「哪個老頭兒？他說了甚麼？」周文王認真地問。

qiáo fū jiāng zuó tiān yù jiàn jiāng zǐ yá de jīng guò jiǎng gěi le zhōu wén wáng
樵夫將昨天遇見姜子牙的經過講給了周文王。

周文王心想：「我昨晚夢見一隻長着翅膀的老虎飛進帳篷裏，向我撲來，嚇得我出了一身冷汗。醒來後，我把自己的夢講給大臣聽。

「大臣高興地告訴我，那長翅膀的老虎稱做飛熊。飛熊入夢，預示着要有大智慧的賢人來幫助我，難道這老頭兒就是大智慧的能人？」

xiǎng dào zhè lǐ　zhōu wén wáng máng duì qiáo fū shuō　kuài dài wǒ qù jiàn nà ge lǎo tóur　wǒ ráo nǐ bù sǐ
想到這裏，周文王忙對樵夫說：「快帶我去見那個老頭兒！我饒你不死。」

zhōu wén wáng jiàn dào jiāng zǐ yá　fēi cháng gōng jìng de
周文王見到姜子牙，非常恭敬地
shuō　nín jiù shì fēi xióng ma　wǒ yì zhí děng zhe nín
說：「您就是飛熊嗎？我一直等着您
lái ne　tā rè qíng de qǐng jiāng zǐ yá jìn gōng
來呢！」他熱情地請姜子牙進宮。

jiāng zǐ yá xīn li hěn gāo xìng　yě gōng jìng de
姜子牙心裏很高興，也恭敬地
shuō　wǒ yuàn yì wèi tǎo fá zhòu wáng de dà yè xiào lì
說：「我願意為討伐紂王的大業效力。」

cóng cǐ yǐ hòu jiāng zǐ yá zuò le chéng xiàng bāng zhù zhōu wén wáng xùn liàn bīng mǎ wèi tǎo fá zhòu wáng zuò
從此以後，姜子牙做了丞相，幫助周文王訓練兵馬，為討伐紂王作
zhǔn bèi
準備。

帶翅膀的小孩兒

shuō wán jiāng zǐ yá zán men zài shuō yí gè xiǎo
說完姜子牙，咱們再說一個小
háir zhè ge xiǎo háir jiù shì léi zhèn zǐ
孩兒，這個小孩兒就是雷震子。

yīn wèi tā shì zài léi yǔ tiān shēng de bèi lù
因為他是在雷雨天生的，被路
guò de zhōu wén wáng jiǎn dào suǒ yǐ qǐ míng léi zhèn
過的周文王撿到，所以起名「雷震
zǐ hòu lái tā bèi yí wèi xiān rén shōu yǎng
子」。後來他被一位仙人收養。

xiān rén bǎ léi zhèn zǐ dài jìn shān li bǎ tā
仙人把雷震子帶進山裏，把他
yǎng dà jiāo tā gè zhǒng běn lǐng
養大，教他各種本領。

yì tiān léi zhèn zǐ zhèng zài shān zhōng wán shuǎ kàn
一天，雷震子正在山中玩耍，看
jiàn shù shang yǒu liǎng kē hóng xìng zhǎng de shí fēn kě ài chán
見樹上有兩顆紅杏長得十分可愛，饞
de zhí liú kǒu shuǐ jiù zhāi xià lái chī le
得直流口水，就摘下來吃了。

méi xiǎng dào liǎng kē hóng xìng yí xià dù tā hún shēn
沒想到兩顆紅杏一下肚，他渾身
rè de xiàng huǒ shāo yí yàng jí máng pā dào shuǐ chí biān qù
熱得像火燒一樣，急忙趴到水池邊去
hē shuǐ
喝水。

děng hē wán le shuǐ tā cóng shuǐ zhōng kàn zì jǐ
等喝完了水，他從水中看自己，
fā xiàn zì jǐ de liǎn biàn lán le tóu fa biàn hóng le
發現自己的臉變藍了，頭髮變紅了，
shēn shang hái zhǎng chū le liǎng zhī chì bǎng
身上還長出了兩隻翅膀。

léi zhèn zǐ dà jīng huāng máng qù zhǎo xiān rén
雷震子大驚，慌忙去找仙人。

xiān rén gěi le tā yì gēn jīn gùn
仙人給了他一根金棍。

xiān rén pāi shǒu dà xiào lián shuō hǎo a zhè huí nǐ kě yǐ qù bāng zhù nǐ fù qīn zhōu wén wáng tǎo fá zhòu wáng le
仙人拍手大笑，連說：「好啊！這回你可以去幫助你父親周文王討伐紂王了。」

léi zhèn zǐ xiàng yì zhī dà niǎo yí yàng fēi ya fēi fēi dào le zhōu wén wáng nà lǐ
雷震子像一隻大鳥一樣飛呀飛，飛到了周文王那裏。

四個大魔頭

不久，文王去世了，他的兒子即位，稱周武王。周武王在姜子牙的幫助下，力量越來越強大。

紂王知道後，心裏慌張，忙派人四處搬救兵。

他從西海請來了四個大魔頭。四個魔頭長得很兇惡，每人有一件寶物。

大魔頭有一把青雲劍，無論是誰，碰到這把劍，就會化成粉末。

二魔頭有一把怪雨傘，只要把傘撐開，就會天昏地暗、日月無光。

三魔頭有一隻金剛手鐲，扔到天上，能變成無數金剛手鐲。

四魔頭有一隻厲害的花狐貂，特別喜歡吃人。

sì gè mó tóu lái xiàng jiāng zǐ yá shuài lǐng de zhōu guó
四個魔頭來向姜子牙率領的周國
jūn duì tiǎo zhàn tā men qì shì xiōng xiōng
軍隊挑戰，他們氣勢洶洶。

dà mó tóu yòng qīng yún jiàn lián huàng sān cì jiù guā
大魔頭用青雲劍連晃三次，就颳
qǐ yì gǔ hēi fēng hēi fēng zhōng guǒ zhe dāo jiàn cóng kōng
起一股黑風，黑風中裹着刀劍，從空
zhōng yā xià lái
中壓下來。

èr mó tóu bǎ guài yǔ sǎn lián zhuàn sān zhuàn lì kè
二魔頭把怪雨傘連轉三轉，立刻
tiān hūn dì àn
天昏地暗。

sān mó tóu rēng chū jīn gāng shǒu zhuó zài kōng zhōng biàn
三魔頭扔出金剛手鐲，在空中變
chéng xǔ duō jīn gāng shǒu zhuó
成許多金剛手鐲。

sì mó tóu fàng chū huā hú diāo fēi lái fēi qù luàn
四魔頭放出花狐貂，飛來飛去亂
chī rén tā men tài lì hai le
吃人……他們太厲害了。

yì shí jiān zhōu bīng dà luàn jiāng zǐ yá máng shuài bīng
一時間周兵大亂，姜子牙忙率兵
hòu chè
後撤。

jiāng zǐ yá zài chéng shang guà qǐ le miǎn zhàn pái ràng
姜子牙在城上掛起了免戰牌，讓
jiàng shì men jiā qiáng fáng yù
將士們加強防禦。

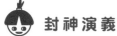

sì gè mó tóu jiàn gōng bu xià chéng biàn zài chéng xià
　　四個魔頭見攻不下城，便在城下
bǎ sì jiàn bǎo wù yì qǐ pāo xiàng tiān kōng
把四件寶物一起拋向天空。

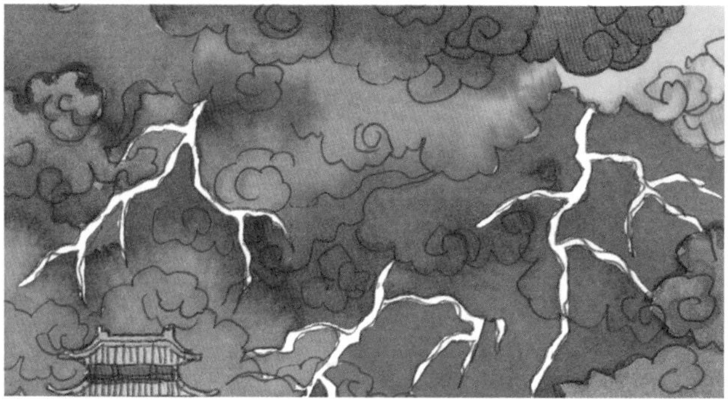

sì jiàn bǎo wù tóng shí zài kōng zhōng luàn zhuàn yì shí
　　四件寶物同時在空中亂轉，一時
jiān kuáng fēng dà zuò yīn yún mì bù hōng lōng lōng léi
間狂風大作，陰雲密佈，「轟隆隆」雷
shēng luàn xiǎng chéng li de shì bīng dōu bèi xià huài le
聲亂響，城裏的士兵都被嚇壞了。

jiāng zǐ yá yí kàn dà jīng mǎ shàng niàn qǐ zhòu
　　姜子牙一看大驚，馬上唸起咒
yǔ xiàng zì jǐ de shī fu qiú jiù
語，向自己的師父求救。

jiāng zǐ yá de shī fu yě shì yí wèi xiān rén
姜子牙的師父也是一位仙人。

tā dé zhī jiāng zǐ yá yǒu nàn bǎ shǒu zhōng bǎo píng
他得知姜子牙有難，把手中寶瓶
li de shuǐ cháo zhōu guó fāng xiàng yì pō
裏的水朝周國方向一潑。

shuǐ biàn chéng sān dào jīn guāng cóng kūn lún shān li fēi
水變成三道金光，從昆侖山裏飛
chū lái fēi dào zhōu guó shàng kōng biàn chéng dà bō li
出來，飛到周國上空，變成大玻璃
zhào zhào zài zhōu guó shàng miàn
罩，罩在周國上面。

wú lùn sì gè mó tóu zěn yàng shī fǎ shù yě bù
無論四個魔頭怎樣施法術，也不
qǐ zuò yòng le
起作用了。

會七十三變的楊戩

jiāng zǐ yá kǔ kù sī suǒ xiǎng bu chū
姜子牙苦苦思索，想不出
shén me bàn fǎ néng zhàn shèng sì gè mó tóu
甚麼辦法能戰勝四個魔頭。

zhè shí yǒu yí gè jiào yáng jiǎn de rén qiú jiàn shuō
這時有一個叫楊戩的人求見，說
kě yǐ bāng zhù jiāng zǐ yá
可以幫助姜子牙。

zhè yáng jiǎn jiù shì èr láng shén huì qī shí sān
這楊戩就是二郎神，會七十三
biàn é tóu shang bǐ bié ren duō yì zhī yǎn tā hái yǒu
變，額頭上比別人多一隻眼。他還有
yì zhī tè bié bàng de gǒu jiào xiào tiān quǎn
一隻特別棒的狗，叫哮天犬。

jiāng zǐ yá xīn zhōng huān xǐ nǐ gēn wǒ yì qǐ
姜子牙心中歡喜：「你跟我一起
qù shōu shi nà sì gè mó tóu
去收拾那四個魔頭。」

yáng jiǎn yì chū zhàn sì mó tóu jiù bǎ shǒu zhōng de

楊戩一出戰，四魔頭就把手中的
huā hú diāo fàng chū qù
花狐貂放出去。

huā hú diāo zhāng kāi dà kǒu xiōng měng de fēi xiàng yáng

花狐貂張開大口，兇猛地飛向楊
jiǎn
戩。

yáng jiǎn yíng shēn ér shàng bèi huā hú diāo yì kǒu tūn

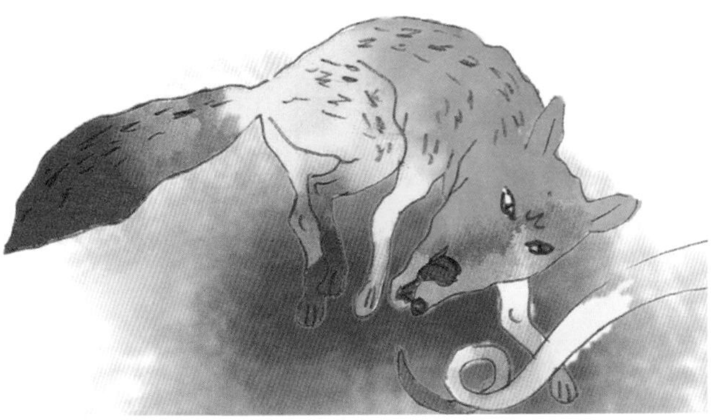

楊戩迎身而上，被花狐貂一口吞
jìn dù zi li
進肚子裏。

<ruby>四<rt>sì</rt></ruby><ruby>魔<rt>mó</rt></ruby><ruby>頭<rt>tóu</rt></ruby>「<ruby>哈<rt>hā</rt></ruby><ruby>哈<rt>hā</rt></ruby>」<ruby>大<rt>dà</rt></ruby><ruby>笑<rt>xiào</rt></ruby>。<ruby>可<rt>kě</rt></ruby><ruby>他<rt>tā</rt></ruby><ruby>哪<rt>nǎ</rt></ruby><ruby>裏<rt>li</rt></ruby><ruby>知<rt>zhī</rt></ruby><ruby>道<rt>dào</rt></ruby>，<ruby>楊<rt>yáng</rt></ruby><ruby>戩<rt>jiǎn</rt></ruby><ruby>會<rt>huì</rt></ruby><ruby>七<rt>qī</rt></ruby><ruby>十<rt>shí</rt></ruby><ruby>三<rt>sān</rt></ruby><ruby>變<rt>biàn</rt></ruby>，<ruby>他<rt>tā</rt></ruby><ruby>是<rt>shì</rt></ruby><ruby>縮<rt>suō</rt></ruby><ruby>小<rt>xiǎo</rt></ruby><ruby>身<rt>shēn</rt></ruby><ruby>體<rt>tǐ</rt></ruby>，<ruby>故<rt>gù</rt></ruby><ruby>意<rt>yì</rt></ruby><ruby>鑽<rt>zuān</rt></ruby><ruby>進<rt>jìn</rt></ruby><ruby>花<rt>huā</rt></ruby><ruby>狐<rt>hú</rt></ruby><ruby>貂<rt>diāo</rt></ruby><ruby>的<rt>de</rt></ruby><ruby>肚<rt>dù</rt></ruby><ruby>子<rt>zi</rt></ruby><ruby>裏<rt>li</rt></ruby>。

<ruby>等<rt>děng</rt></ruby><ruby>到<rt>dào</rt></ruby><ruby>四<rt>sì</rt></ruby><ruby>魔<rt>mó</rt></ruby><ruby>頭<rt>tóu</rt></ruby><ruby>將<rt>jiāng</rt></ruby><ruby>花<rt>huā</rt></ruby><ruby>狐<rt>hú</rt></ruby><ruby>貂<rt>diāo</rt></ruby><ruby>放<rt>fàng</rt></ruby><ruby>進<rt>jìn</rt></ruby><ruby>皮<rt>pí</rt></ruby><ruby>口<rt>kǒu</rt></ruby><ruby>袋<rt>dai</rt></ruby>，<ruby>楊<rt>yáng</rt></ruby><ruby>戩<rt>jiǎn</rt></ruby><ruby>再<rt>zài</rt></ruby><ruby>掐<rt>qiā</rt></ruby><ruby>住<rt>zhù</rt></ruby><ruby>花<rt>huā</rt></ruby><ruby>狐<rt>hú</rt></ruby><ruby>貂<rt>diāo</rt></ruby><ruby>的<rt>de</rt></ruby><ruby>心<rt>xīn</rt></ruby><ruby>肝<rt>gān</rt></ruby>，<ruby>將<rt>jiāng</rt></ruby><ruby>牠<rt>tā</rt></ruby><ruby>弄<rt>nòng</rt></ruby><ruby>死<rt>sǐ</rt></ruby>，<ruby>然<rt>rán</rt></ruby><ruby>後<rt>hòu</rt></ruby><ruby>自<rt>zì</rt></ruby><ruby>己<rt>jǐ</rt></ruby><ruby>變<rt>biàn</rt></ruby><ruby>成<rt>chéng</rt></ruby><ruby>花<rt>huā</rt></ruby><ruby>狐<rt>hú</rt></ruby><ruby>貂<rt>diāo</rt></ruby><ruby>的<rt>de</rt></ruby><ruby>模<rt>mú</rt></ruby><ruby>樣<rt>yàng</rt></ruby>。

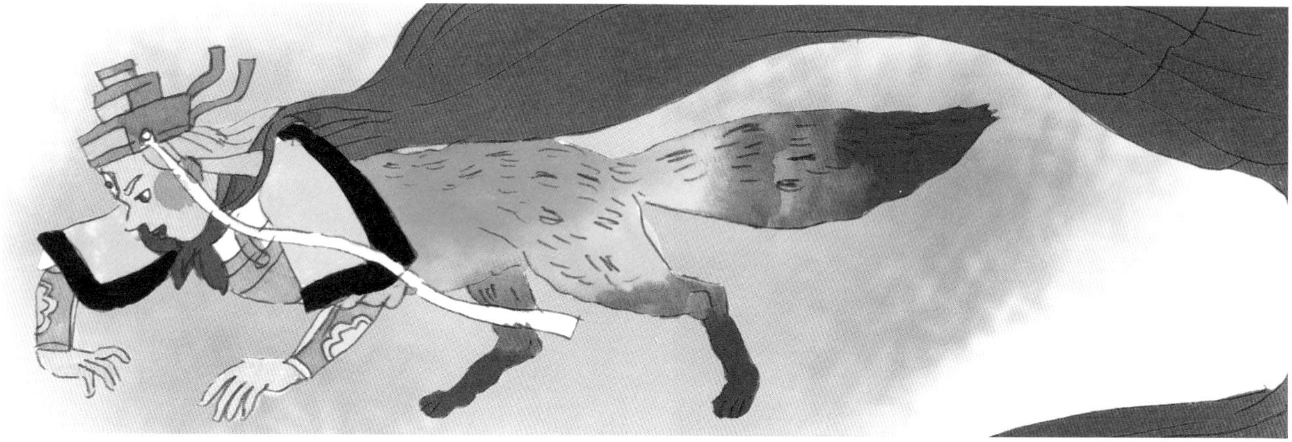

jiāng zǐ yá yòu pài né zhā chū zhàn　　sì mó tóu yòu
姜子牙又派哪吒出戰，四魔頭又
fàng chū huā hú diāo
放出花狐貂。

huā hú diāo méi yǒu pū xiàng né zhā　　fǎn ér zhāng kāi
花狐貂沒有撲向哪吒，反而張開
lì chǐ　　qù yǎo sì mó tóu
利齒，去咬四魔頭。

sì mó tóu jīng huāng shī cuò　　yáng jiǎn xiàn shēn　　jiāng
四魔頭驚慌失措，楊戩現身，將
tā yì qiāng cì sǐ le
他一槍刺死了。

jiù zài zhè shí　　qí tā sān gè mó tóu yì qǐ chōng
就在這時，其他三個魔頭一起衝
le guò lái
了過來。

né zhā pāo chū qián kūn quān zhèng zhòng yí gè mó tóu
哪吒拋出乾坤圈，正中一個魔頭
de tóu dǐng
的頭頂。

shèng xià liǎng gè mó tóu jiàn shì bú miào xiǎng yào
剩下兩個魔頭見勢不妙想要
liū zǒu jiāng zǐ yá pāo qǐ dǎ shén biān jiāng tā men
溜走，姜子牙拋起打神鞭，將他們
dǎ sǐ
打死。

yì cháng dà zhàn sì gè mó tóu dōu bèi shā sǐ
一場大戰，四個魔頭都被殺死。
jiāng zǐ yá dà shèng huí yíng
姜子牙大勝回營。

胖墩墩的小矮人

zhòu wáng zài jīng chéng dé zhī sì gè mó tóu bèi shā sǐ xīn
紂王在京城得知四個魔頭被殺死，心
li hěn zháo jí gǎn máng pài rén qù qǐng dà jiāng jūn dèng jiǔ gōng
裏很着急，趕忙派人去請大將軍鄧九公。

dèng jiǔ gōng jiē dào mìng lìng shuài bīng chū zhēng
鄧九公接到命令率兵出征，
zǒu dào bàn lù hū tīng qián miàn yǒu rén gāo hǎn
走到半路，忽聽前面有人高喊：
wǒ lái dāng nǐ de xiān fēng ba
「我來當你的先鋒吧！」

yí gè pàng dūn dūn de ǎi zi shēn xíng cū de xiàng
一個胖墩墩的矮子，身形粗得像
gè xiǎo yuán tǒng zhǎng de tǐng nán kàn
個小圓桶，長得挺難看。

dèng jiǔ gōng wèn xiǎo ǎi zi nǐ yǒu shén me
鄧九公問：「小矮子，你有甚麼
běn lǐng gǎn lái dāng wǒ de xiān fēng
本領，敢來當我的先鋒？」

ǎi pàng zi shuō wǒ jiào tǔ xíng sūn huì rì
矮胖子說：「我叫土行孫，會日
xíng qiān lǐ hái yǒu hěn duō qí tè de běn shi
行千里，還有很多奇特的本事。」

dèng jiǔ gōng xīn xiǎng zhè ge xiǎo ǎi zi kǒu qì
鄧九公心想：「這個小矮子口氣
hǎo dà yě xǔ tā zhēn yǒu shén me běn shi
好大，也許他真有甚麼本事。」

zhè yàng xiǎng zhe　dèng jiǔ gōng shuō　wǒ zhèr
這樣想着，鄧九公說：「我這兒
yǐ jīng yǒu le xiān fēng　xiān wěi qu nǐ yí xià　nǐ zàn
已經有了先鋒，先委屈你一下，你暫
shí zuò gè yā liáng guān ba
時做個押糧官吧！」

yā liáng guān shì zhī ma lìr de xiǎo guān　tǔ
押糧官是芝麻粒兒的小官。土
xíng sūn xīn li bù gāo xìng　dàn biǎo miàn bú lù shēng sè
行孫心裏不高興，但表面不露聲色，
shuō　xíng a
說：「行啊。」

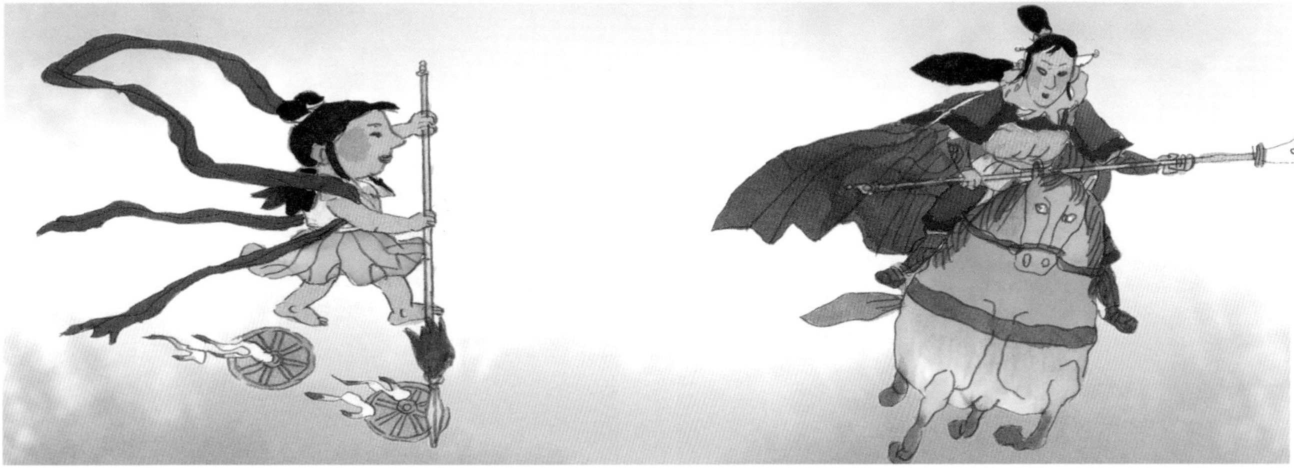

dèng jiǔ gōng pài le zì jǐ de nǚ ér chán yù dāng xiān xíng guān chū zhèn　jiāng zǐ yá pài chū né zhā yíng dí
鄧九公派了自己的女兒嬋玉當先行官出陣。姜子牙派出哪吒迎敵。

哪吒一看，連連搖頭：「鄧九公真是沒能人了，竟然派出了一個柔弱的女子來當先鋒。」

嬋玉聽了氣得咬牙切齒，催馬上前，揮刀就砍。

哪吒腳踩風火輪靈活閃過。

幾個回合過去，嬋玉往回跑，哪吒追過去。

chán yù qiāo qiāo qǔ chū wǔ sè shí zǐ xiàng shǎn diàn yí yàng yí xià zi dǎ de né zhā bí qīng liǎn zhǒng
嬋玉悄悄取出五色石子，像閃電一樣，一下子打得哪吒鼻青臉腫。

né zhā láng bèi bù kān de táo huí dà yíng shuō zhè nǚ zǐ zhēn lì hai
哪吒狼狽不堪地逃回大營，說：「這女子真厲害！」

yáng jiǎn shuō　wǒ qù kàn kan　yú shì　tā dài zhe xiào tiān quǎn chū yíng le
楊戩說：「我去看看。」於是，他帶着哮天犬出營了。

chán yù yòu pāo chū wǔ sè shí zǐ　yáng jiǎn líng huó duǒ shǎn　chán yù zhǐ gù xiàng yáng jiǎn fā shè shí zǐ　méi dī fang
　　嬋玉又拋出五色石子。楊戩靈活躲閃。嬋玉只顧向楊戩發射石子，沒提防
xiào tiān quǎn cóng kōng zhōng tōu xí　jié guǒ chán yù de bó zi bèi xiào tiān quǎn yǎo qù yí kuàir　téng de tā jī hū diào xià
哮天犬從空中偷襲，結果嬋玉的脖子被哮天犬咬去一塊兒，疼得她幾乎掉下
mǎ lái
馬來。

神奇的捆仙繩

chán yù táo huí yíng zhōng bó zi téng
嬋玉逃回營中，脖子疼
de lì hai
得厲害。

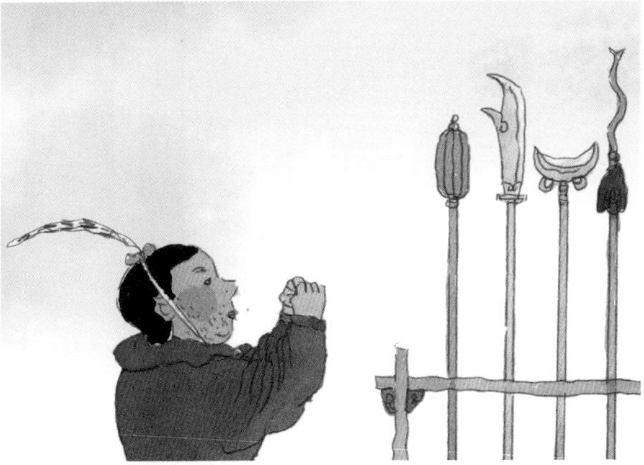

tǔ xíng sūn shuō wǒ lái gěi tā kàn kan
土行孫說：「我來給她看看。」

dèng jiǔ gōng huái yí de wèn nǐ yě
鄧九公懷疑地問：「你也
huì kàn bìng
會看病？」

tǔ xíng sūn ná chū yí gè dà hú lu cóng
土行孫拿出一個大葫蘆，從
hú lu li dào chū jǐ lì jīn dān yán suì le
葫蘆裏倒出幾粒金丹，研碎了，
tú zài shāng kǒu shang méi guò yí huìr chán yù
塗在傷口上，沒過一會兒，嬋玉
de shāng jiù hǎo le
的傷就好了。

dèng jiǔ gōng dà xǐ tǔ xíng sūn yòu shuō nǐ
鄧九公大喜。土行孫又說：「你
yào ràng wǒ dāng xiān fēng zǎo bǎ jiāng zǐ yá dǎ bài le
要讓我當先鋒，早把姜子牙打敗了。」

dèng jiǔ gōng bǎ xiān fēng de dà yìn jiāo gěi tǔ xíng
鄧九公把先鋒的大印交給土行
sūn mìng lìng tā chū zhēng
孫，命令他出征。

tǔ xíng sūn mǎ yě bù qí ná zhe gēn tiě gùn
土行孫馬也不騎，拿着根鐵棍，
jiù chū qu tiǎo zhàn
就出去挑戰。

né zhā yí kàn shì gè ǎi dūn dūn de pàng zi bù yóu de fā xiào yīn wèi duì fāng de yàng zi tài huá jī le
哪吒一看，是個矮墩墩的胖子，不由得發笑，因為對方的樣子太滑稽了。
tā cǎi zhe fēng huǒ lún dōu yào dī zhe tóu kàn tǔ xíng sūn
他踩着風火輪，都要低着頭看土行孫。

tǔ xíng sūn shuō nǐ bú yào xiào yǒu běn shi nǐ xià fēng huǒ lún zán men bǐ yi bǐ né zhā xià le fēng
土行孫說：「你不要笑，有本事，你下風火輪，咱們比一比。」哪吒下了風
huǒ lún yòng qiāng cì xiàng tǔ xíng sūn méi xiǎng dào bù cǎi fēng huǒ lún tǔ xíng sūn hái bǐ tā ǎi yí bàn
火輪，用槍刺向土行孫，沒想到，不踩風火輪，土行孫還比他矮一半。

<ruby>土<rt>tǔ</rt></ruby><ruby>行<rt>xíng</rt></ruby><ruby>孫<rt>sūn</rt></ruby><ruby>像<rt>xiàng</rt></ruby><ruby>個<rt>gè</rt></ruby><ruby>猴<rt>hóu</rt></ruby><ruby>子<rt>zi</rt></ruby>，<ruby>在<rt>zài</rt></ruby><ruby>他<rt>tā</rt></ruby><ruby>腰<rt>yāo</rt></ruby><ruby>下<rt>xià</rt></ruby><ruby>鑽<rt>zuān</rt></ruby><ruby>來<rt>lái</rt></ruby>
<ruby>鑽<rt>zuān</rt></ruby><ruby>去<rt>qù</rt></ruby>，<ruby>用<rt>yòng</rt></ruby><ruby>一<rt>yì</rt></ruby><ruby>根<rt>gēn</rt></ruby><ruby>鐵<rt>tiě</rt></ruby><ruby>棍<rt>gùn</rt></ruby><ruby>連<rt>lián</rt></ruby><ruby>打<rt>dǎ</rt></ruby><ruby>哪<rt>né</rt></ruby><ruby>吒<rt>zhā</rt></ruby><ruby>的<rt>de</rt></ruby><ruby>腿<rt>tuǐ</rt></ruby>，<ruby>沒<rt>méi</rt></ruby>
<ruby>幾<rt>jǐ</rt></ruby><ruby>個<rt>gè</rt></ruby><ruby>回<rt>huí</rt></ruby><ruby>合<rt>hé</rt></ruby>，<ruby>哪<rt>né</rt></ruby><ruby>吒<rt>zhā</rt></ruby><ruby>便<rt>biàn</rt></ruby><ruby>挨<rt>ái</rt></ruby><ruby>了<rt>le</rt></ruby><ruby>好<rt>hǎo</rt></ruby><ruby>幾<rt>jǐ</rt></ruby><ruby>棍<rt>gùn</rt></ruby><ruby>子<rt>zi</rt></ruby>。

<ruby>哪<rt>né</rt></ruby><ruby>吒<rt>zhā</rt></ruby><ruby>想<rt>xiǎng</rt></ruby><ruby>用<rt>yòng</rt></ruby><ruby>乾<rt>qián</rt></ruby><ruby>坤<rt>kūn</rt></ruby><ruby>圈<rt>quān</rt></ruby><ruby>打<rt>dǎ</rt></ruby><ruby>土<rt>tǔ</rt></ruby><ruby>行<rt>xíng</rt></ruby><ruby>孫<rt>sūn</rt></ruby>。

<ruby>土<rt>tǔ</rt></ruby><ruby>行<rt>xíng</rt></ruby><ruby>孫<rt>sūn</rt></ruby><ruby>卻<rt>què</rt></ruby><ruby>拋<rt>pāo</rt></ruby><ruby>出<rt>chū</rt></ruby><ruby>一<rt>yì</rt></ruby><ruby>條<rt>tiáo</rt></ruby><ruby>神<rt>shén</rt></ruby><ruby>奇<rt>qí</rt></ruby><ruby>的<rt>de</rt></ruby><ruby>繩<rt>shéng</rt></ruby><ruby>索<rt>suǒ</rt></ruby>，
<ruby>叫<rt>jiào</rt></ruby><ruby>捆<rt>kǔn</rt></ruby><ruby>仙<rt>xiān</rt></ruby><ruby>繩<rt>shéng</rt></ruby>，<ruby>一<rt>yí</rt></ruby><ruby>下<rt>xià</rt></ruby><ruby>子<rt>zi</rt></ruby><ruby>將<rt>jiāng</rt></ruby><ruby>哪<rt>né</rt></ruby><ruby>吒<rt>zhā</rt></ruby><ruby>的<rt>de</rt></ruby><ruby>手<rt>shǒu</rt></ruby><ruby>腳<rt>jiǎo</rt></ruby><ruby>捆<rt>kǔn</rt></ruby>
<ruby>住<rt>zhù</rt></ruby>，<ruby>把<rt>bǎ</rt></ruby><ruby>哪<rt>né</rt></ruby><ruby>吒<rt>zhā</rt></ruby><ruby>活<rt>huó</rt></ruby><ruby>捉<rt>zhuō</rt></ruby><ruby>了<rt>le</rt></ruby>。

dì èr tiān tǔ xíng sūn yòu yòng kǔn xiān shéng lián zhuō le jiāng zǐ yá shǒu xià de hǎo jǐ yuán dà jiàng
第二天，土行孫又用捆仙繩連捉了姜子牙手下的好幾員大將。

dèng jiǔ gōng dà xǐ duì tǔ xíng sūn shuō nǐ
鄧九公大喜，對土行孫說：「你
yào shi néng bǎ jiāng zǐ yá zhuō zhù wǒ jiù bǎ nǚ ér jià
要是能把姜子牙捉住，我就把女兒嫁
gěi nǐ
給你。」

chán yù duō piào liang a tǔ xíng sūn gāo xìng de yí
嬋玉多漂亮啊，土行孫高興得一
yè méi shuì zháo dì èr tiān yì zǎo tā jiù jiào rǎng zhe
夜沒睡着。第二天一早，他就叫嚷着
yào chū zhàn
要出戰。

jiāng zǐ yá tīng shuō nà ge xiǎo ǎi zi yòu lái tiǎo
姜子牙聽說那個小矮子又來挑
zhàn biàn shuài lǐng zhòng jiàng chū le dà yíng
戰，便率領眾將出了大營。

tǔ xíng sūn yí kàn èr huà bù shuō yòu bǎ kǔn
土行孫一看，二話不說，又把捆
xiān shéng pāo le chū qù
仙繩拋了出去。

zhè kǔn xiān shéng guǒ rán lì hai jí sù fēi xiàng jiāng
這捆仙繩果然厲害，急速飛向姜
zǐ yá yí xià zi jiāng tā kǔn zhù
子牙，一下子將他捆住。

zhòng jiàng shàng qián pīn mìng hù zhù jiāng zǐ yá cái jiāng
眾將上前拼命護住姜子牙，才將
tā jiù huí yíng fáng
他救回營房。

神秘的鑽地術

dì èr tiān tǔ xíng sūn yòu lái tiǎo zhàn
第二天，土行孫又來挑戰，
yáng jiǎn shuō wǒ yǒu bàn fǎ duì fu tā
楊戩說：「我有辦法對付他。」

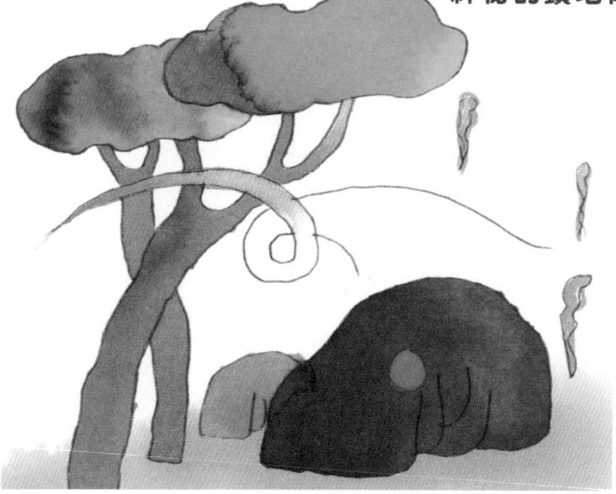

yáng jiǎn shuǎ le gè huā zhāor bǎ lù biān
楊戩耍了個花招兒，把路邊
de yí kuài dà shí tou biàn chéng zì jǐ de mú yàng
的一塊大石頭變成自己的模樣，
zì jǐ biàn chéng le dà shí tou
自己變成了大石頭。

tǔ xíng sūn guǒ rán shàng dàng le xiàng jiǎ yáng jiǎn pāo
土行孫果然上當了，向假楊戩拋
chū le kǔn xiān shéng
出了捆仙繩。

kǔn xiān shéng kǔn zhù le jiǎ yáng jiǎn què fā xiàn shì
捆仙繩捆住了假楊戩，卻發現是
kuài dà shí tou
塊大石頭。

tǔ xíng sūn dà chī yì jīng yáng jiǎn chèn jī fàng chū xiào tiān quǎn zhèng yào yǎo zhù tǔ xíng sūn tǔ xíng sūn què tū rán
土行孫大吃一驚，楊戩趁機放出哮天犬，正要咬住土行孫，土行孫卻突然
yì niǔ shēn suō jìn dì li bú jiàn le zōng yǐng
一扭身，縮進地裏，不見了蹤影。

yáng jiǎn hěn shì chī jīng zhè ǎi zi huì zuān dì
楊戩很是吃驚：「這矮子會鑽地
shù yáng jiǎn huí dào dà yíng xiàng jiāng zǐ yá bào gào
術。」楊戩回到大營，向姜子牙報告。

jiāng zǐ yá cāi xiǎng tǔ xíng sūn huì lì yòng zuān dì shù
姜子牙猜想土行孫會利用鑽地術
lái tōu xí máng mìng lìng shì bīng zài gè chù guà shang xǔ duō
來偷襲，忙命令士兵在各處掛上許多
miàn jìng zi bìng shè xià mái fú
面鏡子，並設下埋伏。

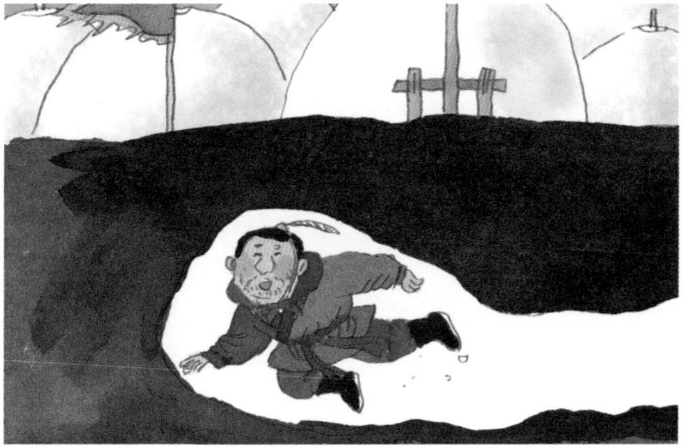

夜晚，土行孫果然利用鑽地術，潛伏到姜子牙的大營下面。

他幾次從地下鑽出，士兵一看見他的影子，便用槍刺、用刀砍。

土行孫鑽來鑽去，發現只有一處地面沒有士兵。

他從地下探出頭來，發現竟然是周武王的宮殿。

tǔ xíng sūn dà xǐ xīn xiǎng yào shi shā le zhōu wǔ wáng jiù shì lì le dì yī dà gōng
土行孫大喜，心想：要是殺了周武王，就是立了第一大功。

zhōu wǔ wáng tǎng zài lóng chuáng shang hū hū dà shuì
周武王躺在龍床上呼呼大睡。
tǔ xíng sūn ná chū dāo lái tiào shàng lóng chuáng yì dāo jiāng
土行孫拿出刀來，跳上龍床，一刀將
wǔ wáng de tóu lú kǎn xià
武王的頭顱砍下。

tā tí zhe tóu lú zhèng yào zǒu hū rán fā xiàn wǔ
他提着頭顱正要走，忽然發現武
wáng páng biān tǎng zhe yí wèi fēi cháng piào liang de měi rén
王旁邊躺着一位非常漂亮的美人。

tǔ xíng sūn yí xià zi bèi xī yǐn le shàng qù xiǎng
土行孫一下子被吸引了，上去想
bào zhù měi rén měi rén fǎn guò lái jiāng tǔ xíng sūn jǐn jǐn
抱住美人。美人反過來將土行孫緊緊
bào zhù
抱住。

tǔ xíng sūn bèi bào de chuǎn bú guò qì lái gǎn máng
土行孫被抱得喘不過氣來，趕忙
shuō měi rén nǐ qīng diǎnr bào wǒ
說：「美人，你輕點兒抱我。」

měi rén yì mā liǎn nǐ kàn kan wǒ shì shéi
美人一抹臉：「你看看我是誰？」

tǔ xíng sūn zhēng yǎn yí kàn jìng rán shì yáng jiǎn
土行孫睜眼一看，竟然是楊戩。
zài yí kàn gāng cái tā shā sǐ de zhōu wǔ wáng yě shì gè
再一看，剛才他殺死的周武王也是個
jiǎ rénr
假人兒。

tā xiǎng táo pǎo kě shì yǐ jīng lái bu jí le
他想逃跑，可是已經來不及了。
yáng jiǎn yí xià zi jiāng tā zhuā zhù yòng shéng zi jǐn jǐn de
楊戩一下子將他抓住，用繩子緊緊地
kǔn le qǐ lái
捆了起來。

yáng jiǎn bǎ tǔ xíng sūn dài dào le jiāng zǐ yá de miàn qián
楊戩把土行孫帶到了姜子牙的面前。

jiāng zǐ yá wèn tǔ xíng sūn zhòu wáng cán hài bǎi
姜子牙問土行孫：「紂王殘害百
xìng nǐ wèi shén me hái bāng zhù tā
姓，你為甚麼還幫助他？」

tǔ xíng sūn chī le yì jīng dèng jiǔ gōng shì zhòu
土行孫吃了一驚：「鄧九公是紂
wáng pài lái de
王派來的？」

yuán lái tǔ xíng sūn zài shēn shān li hé yí gè xiān rén
原來土行孫在深山裏和一個仙人
xué běn lǐng xiān rén pài tā xià shān qù bāng zhù zhōu wǔ
學本領，仙人派他下山去幫助周武
wáng tā hú li hú tu tóu cuò le dì fang
王。他糊里糊塗，投錯了地方。

tǔ xíng sūn biǎo shì huǐ guò yuàn yì wèi zhōu wǔ wáng
土行孫表示悔過，願意為周武王
xiào lì
效力。

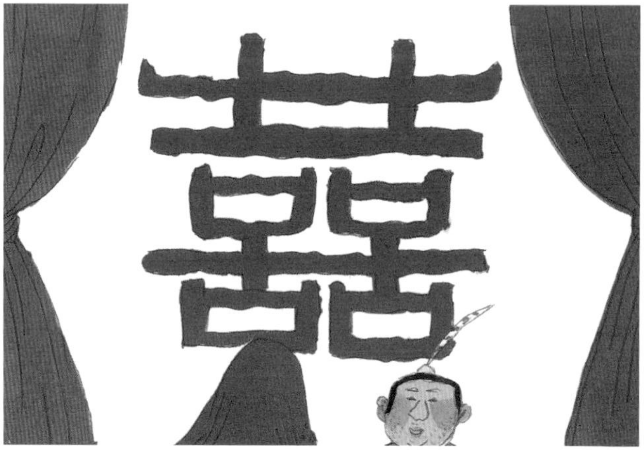

tǔ xíng sūn yì tóu xiáng dèng jiǔ gōng méi bàn fǎ
土行孫一投降，鄧九公沒辦法
le zhǐ hǎo yě tóu xiáng zhōu guó bìng bǎ chán yù jià gěi
了，只好也投降周國，並把嬋玉嫁給
le tǔ xíng sūn
了土行孫。

火燒摘星樓

各地有本領的人，不斷地來投奔周武王。周國的力量越來越強大。

於是周武王派姜子牙為統帥，率領大軍出征，討伐紂王。

一路上，他們碰到了許多妖魔鬼怪。

這些妖魔鬼怪設置了許多陷阱，但都沒能阻擋住討伐紂王的大軍。

jiāng zǐ yá dài lǐng bīng mǎ bāo wéi le jīng chéng chéng
姜子牙帶領兵馬包圍了京城。城
nèi zhòu wáng jí de tuán tuán zhuàn
內，紂王急得團團轉。

hú li jīng dá jǐ zài yè li jià qǐ yí zhèn yāo
狐狸精妲己，在夜裏駕起一陣妖
fēng fēi chū chéng qiáng xiǎng yào táo zǒu
風飛出城牆，想要逃走。

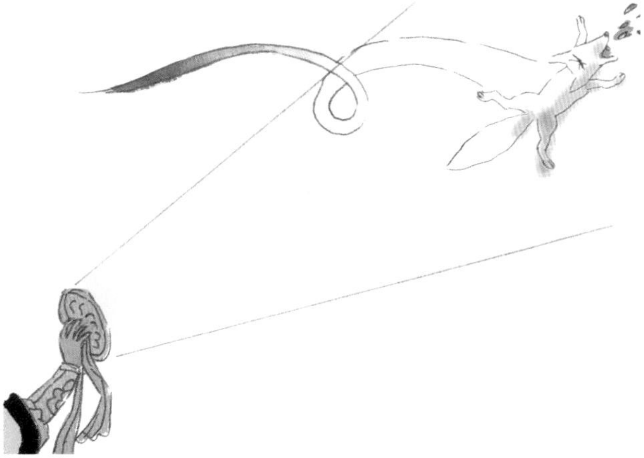

jiāng zǐ yá mìng yáng jiǎn qǔ chū zhào yāo jìng xiàng kōng zhōng
姜子牙命楊戩取出照妖鏡向空中
yí zhào hú li jīng dùn shí xiàn le yuán xíng
一照，狐狸精頓時現了原形。

jiāng zǐ yá shǐ yòng wǔ léi zhèn fǎ wàn léi qí
姜子牙使用五雷陣法，萬雷齊
fā hú li jīng dùn shí sàng mìng
發，狐狸精頓時喪命。

dì èr tiān lǎo bǎi xìng yǐ jīng dǎ kāi le chéng mén yíng jiē zhōu guó de dà jūn
第二天，老百姓已經打開了城門，迎接周國的大軍。

zhòu wáng wú lù kě zǒu táo shàng le zhāi xīng lóu zhǔn bèi hé zhāi xīng lóu tóng guī yú jìn
紂王無路可走，逃上了摘星樓，準備和摘星樓同歸於盡。

bù yí huìr zhāi xīng lóu jiù chéng le yí zuò huǒ shān zhòu wáng hé zhāi xīng lóu yì qǐ bèi shāo chéng le huī jìn
不一會兒，摘星樓就成了一座火山，紂王和摘星樓一起被燒成了灰燼。

wǔ wáng jìn le jīng chéng xià lìng bǎ huáng gōng li de
武王進了京城，下令把皇宮裏的
cái bǎo fēn gěi lǎo bǎi xìng
財寶分給老百姓。

zhòu wáng de zhǒng zhǒng bào zhèng bèi fèi chú shāng cháo
紂王的種種暴政被廢除，商朝
miè wáng le
滅亡了。

wǔ wáng dēng shàng le huáng wèi yí gè xīn de cháo dài zhōu cháo kāi shǐ le
武王登上了皇位，一個新的朝代——周朝開始了。

從小讀經典 4

封神演義

［明］許仲琳　著

圖／王祖民

文／葛冰（改寫）

責任編輯：楊　歌
裝幀設計：立　青
排　　版：陳美連
印　　務：劉漢舉

出版／中華教育

香港北角英皇道 499 號北角工業大廈 1 樓 B

電話：（852）2137 2338

傳真：（852）2713 8202

電子郵件：info@chunghwabook.com.hk

網址：http://www.chunghwabook.com.hk

發行／香港聯合書刊物流有限公司

香港新界大埔汀麗路 36 號 中華商務印刷大廈 3 字樓

電話：（852）2150 2100

傳真：（852）2407 3062

電子郵件：info@suplogistics.com.hk

印刷／美雅印刷製本有限公司

香港觀塘榮業街 6 號海濱工業大廈 4 樓 A 室

版次／ 2018 年 2 月第 1 版第 1 次印刷

規格／ 16 開（226mm x 190mm）

ISBN ／ 978-988-8512-03-4

中外名著故事匯幼兒版．封神演義